Oplepo

Il doppio

Due per uno

Biblioteca Oplepiana

N. 22

ISBN: 9788893641517 (libro) – 9788893641937 (ebook)

Il doppio
Due per uno
a cura di Oplepo, piazza dei Martiri, 30 – 80121 Napoli (Italia)
Prima edizione: 2005

Ristampa: giugno 2018

Cura redazionale di Eleonora Galloni

 http://www.inriga.it

 info@inriga.it

 https://it-it.facebook.com/inrigaedizioni/

 https://twitter.com/inrigaedizioni

 https://www.linkedin.com/company/in-riga-edizioni-e-literary-agency

Doppiogiochisti per vocazione (in senso buono, ricreativo), sempre disposti a barcamenarsi sul filo doppio delle ambiguità del linguaggio, ricco di equivoci, slittamenti semantici e doppi sensi, assiduamente desiderosi di scoprire i doppifondi dentro cui si nascondono potenziali Identità e Differenze letterarie, potevano, gli Oplepiani, così combinati (e combinatóri), esimersi dallo scendere in campo affrontando una costrizione tanto seducente come quella congegnata sul tema del *doppio*?

Certamente no. E dunque l'hanno fatto, in modo appropriato alla natura dell'impresa, sdoppiando acrobaticamente i loro testi, facendoli dialogare a breve distanza, specchiandoli l'uno di fronte all'altro, e con ciò dando vita a una serie di riflessi condizionati (da regole), di speculazioni fantasmagoriche, di rimandi bifronti, di calchi illusori e via di questo passo (anch'esso, perché no?, *double* come in certi movimenti di danza).

L'hanno fatto di buon grado, ripensando affettuosamente all'esperienza di illustri plagiari d'anticipazione, alle disavventure di certi nobili dimezzati e di altri soggetti, non meno distinti, sempre indecisi se credersi uno, nessuno o centomila, agli strani casi di rispettabili medici, ai ritratti di giovani dalla straordinaria bellezza, e poi ancora ai sosia, ai nasi in uniforme, alle ombre perdute, agli elisir diabolici, alle metamorfosi che ogni giorno, come enormi insetti immondi, si rappresentano intorno a noi, frutto dei nostri sogni agitati.

L'hanno fatto, se vogliamo, emulando un po' alla lontana lo spirito dei doppiatori che prestano la loro voce incollandola scrupolosamente sulle labbra di altri individui, in questo caso prestando, gli Oplepiani, la voce di un esercizio a un altro esercizio suppletivo, ausiliario, solidale, quasi gemello, in una complicità che relega uno dei due al ruolo di *esercizio alter ego*, definibile, su un falso piano etimologico, come "un testo che fa le voci di un altro".

Dunque, in questa *plaquette*, ci sono due testi che si guardano, si completano, si coniugano, si arricchiscono vicendevolmente, due testi che ammiccano fra loro, che si scrutano e che in un certo senso si prendono burla l'uno dell'altro, stretti nelle grinfie di una doppiezza non ipocrita, ma ippocratica, sperimentale.

Alessandra Berardi
Doppio segno

«Devi scrivere un primo testo, che andrà sulla pagina di sinistra; e poi un secondo testo che sia – da qualsiasi punto di vista – il "doppio" del primo. E starà sulla pagina di destra. Ci vediamo a Capri».

Raffaele Aragona ha dato l'ordine. Comincio a pensare a tutti gli altri Oplepiani, e agli imminenti parti geniali delle nostre menti malate. Tutto sommato, però, meglio qualche diletto in più e qualche delitto in meno.

Ci sarà forse chi manipolerà lo schema dei movimenti del *paso doble* fino a creare un nuovo ballo, il *balzo quadruplo*. Chi riporterà il testo della telecronaca di un importante incontro di tennis in singolo, affiancandolo col commento relativo a un incontro in doppio, "equivalente" al primo in base a un dato criterio (anno di svolgimento, importanza del torneo, età dei partecipanti ...). Qualcuno deciderà di trascrivere sulla pagina sinistra la prima descrizione che Stevenson dà di Doctor Jeckill; sulla pagina di destra, quella di Mr. Hyde. Una facile opzione di grafica al computer garantirebbe la riproduzione di un gruppo di parole con effetto di "doppio" come da sfocatura. Il primo testo si intitolerebbe *No, grazie: sono astemio*; il secondo *Ne ho bevuto solo un goccetto.* .

E perché non scrivere le storie parallele di due gemelli? Ah, questa sì, sarebbe raffinata! E pensare che, tra noi, ci sarà chi vorrà cavarsela a buon mercato riproducendo due volte, nella seconda pagina, il testo che compare nella prima!

E chi, ancor più sfacciatamente, si limiterà a prendere "il doppio" alla lettera...

«Devi scrivere un primo testo, che andrà sulla pagina di sinistra; e poi un secondo testo che sia – da qualsiasi punto di vista – il "doppio" del primo. E starà sulla pagina di destra. Ci vediamo a Capri».

Raffaele Aragona ha dato l'ordine. Comincio a pensare a tutti gli altri Oplepiani, e agli imminenti parti geniali delle nostre menti malate. Tutto sommato, però, meglio qualche diletto in più e qualche delitto in meno.

Ci sarà forse chi manipolerà lo schema dei movimenti del *paso doble* fino a creare un nuovo ballo, il *balzo quadruplo*. Chi riporterà il testo della telecronaca di un importante incontro di tennis in singolo, affiancandolo col commento relativo a un incontro in doppio, "equivalente" al primo in base a un dato criterio (anno di svolgimento, importanza del torneo, età dei partecipanti…). Qualcuno deciderà di trascrivere sulla pagina sinistra la prima descrizione che Stevenson dà di Doctor Jeckill; sulla pagina di destra, quella di Mr. Hyde. Una facile opzione di grafica al computer garantirebbe la riproduzione di un gruppo di parole con effetto di "doppio" come da sfocatura. Il primo testo si intitolerebbe *No, grazie: sono astemio*; il secondo *Ne ho bevuto solo un goccetto*.

E perché non scrivere le storie parallele di due gemelli? Ah, questa sì, sarebbe raffinata! E pensare che, tra noi, ci sarà chi vorrà cavarsela a buon mercato riproducendo due volte, nella seconda pagina, il testo che compare nella prima!

E chi, ancor più sfacciatamente, si limiterà a prendere "il doppio" alla lettera...

Anna Regina Busetto Vicari
Piccolo dizionario double face

CHIAVE
Artificio messo a punto dallo scrittore allo scopo di rendere la propria opera impenetrabile ai lettori.

COPPIA
evento rarissimo in letteratura: lo scrittore lavora solo e alla coppia preferisce l'originaria "copula" per uso sintattico e altro…

FILO
suffisso usato per definire il legame di taluni scrittori con ideologie o potentati politici (era filo-fascista, filo-castrista, filo-cinese, filo-democristiano) .

FINESTRA
parte della casa molto apprezzata dallo scrittore che vuole avere un contatto col mondo esterno.

FONDO
luogo mentale toccato dallo scrittore che non riesce in alcun modo a finire il suo romanzo e si sente affogare.

GIOCO
l'insieme delle regole codificate da alcuni scrittori cui gli stessi si attengono scrupolosamente allo scopo di scongiurare l'esclusione da gruppi e correnti letterarie (ad es. Oplepo).

MENTO
nei manuali di anatomia letteraria è la parte del corpo corrispondente alla primaria dichiarazione dello scrittore (manganelliano) riguardo alla propria fisiologica attività menzognera.

PERSONALITÀ
l'insieme organizzato dei disturbi fisici e psichici che determinano lo stile dello scrittore.

PETTO
parte del corpo sulla quale di rado lo scrittore mette la mano, tanto meno battendoselo, quando il suo romanzo riceve una stroncatura.

SENSO
particolare forma (d'inganno) cercata dall'ingenuo lettore che vuol trovare nell'opera letteraria un significato valido (anche per la propria vita).

TAGLIO
attività positiva esercitata per contrizione dallo scrittore su una parte mal riuscita del testo.

VITA
l'insieme delle attività quotidiane che lo scrittore svolge rigorosamente seduto alla scrivania.

DOPPIA CHIAVE
Artificio messo a punto dallo scrittore allo scopo di rendere il proprio studio impenetrabile agli scocciatori.

DOPPIA COPPIA
Disturbo ossessivo-compulsivo ricorrente in alcuni poeti che scrivono in continuazione poesie di due distici.

DOPPIOFILO
termine usato per definire lo strettissimo legame di taluni scrittori con ideologie o potentati politici (legato a doppio filo con Mussolini, con Castro, con Mao, con la DC).

DOPPIA FINESTRA
parte della casa molto apprezzata dallo scrittore che non vuole avere un contatto col mondo esterno.

DOPPIOFONDO
inatteso luogo mentale toccato dallo scrittore che lì trova l'ispirazione per finire il suo romanzo, rimanendo così a galla.

DOPPIOGIOCO
l'insieme delle regole codificate da alcuni scrittori cui gli stessi si attengono scrupolosamente allo scopo di appartenere in segreto a due o più gruppi e correnti letterarie contemporaneamente (es. Oplepo e cannibali).

DOPPIOMENTO
nei manuali di anatomia letteraria è la parte del corpo corrispondente agli attributi fisiologici dell'oggetto letterario (manganelliano): "oscuro, denso, pingue, opaco, fitto di pieghe casuali".

DOPPIAPERSONALITÀ
disturbo ricorrente in numerose persone che vivono parte del loro tempo credendosi degli scrittori.

DOPPIOPETTO
abito elegante e tradizionale indossato anche dal più sovversivo degli scrittori quando è invitato alla cerimonia di premiazione del suo romanzo.

DOPPIOSENSO
particolare forma (di disinganno) trovata dall'accorto lettore che non cerca nell'opera letteraria un significato valido (anche per la propria vita).

DOPPIOTAGLIO
attività negativa dello scrittore incapace di sacrificare le parti peggiori del testo, compromettendo la qualità complessiva dell'opera.

DOPPIAVITA
l'insieme delle attività quotidiane che lo scrittore svolge in piedi e in altre posizioni, all'insaputa di amici e parenti.

Brunella Eruli
Il doppio imperfetto con rimbalzo

L'asso del ballo
ha un callo sul dito
e un erto fallo.

Un gatto irsuto:
lotte su un masso
di notte.

Le ossa del pazzo:
Quies!

Il ratto salì dalla tela.
Un urlo vano: "wyx !!"

Zac!

Con le ossa nella bolla:
Todi - Orte:
che folla!

Ah, la gotta in un letto,
se mossa!
Di netto!

E l'asso di Pozza:
"*qui es*"?

Rotta per la Sila!
Con un tale Orlunovawyx.

Caz!

Domenico D'Oria
La scoperta dell'America

Stanchi, stremati da una navigazione che non lascia intravedere la possibilità di una riuscita della spedizione, i marinai mostrano ormai segni di insofferenza e di ribellione. Solo un marinaio spagnolo di Valencia, come un oracolo delfico, sentenzia la sua *retra*: siate fiduciosi, la fine del viaggio è vicina.

Terra… gridò con gioia Gennaro, marinaio originario di Napoli, partito da Palos il 3 agosto del 1492 al séguito di Cristoforo Colombo per raggiungere l'Asia.

Marius, un marinaio francese di Marsiglia, spossato dalla lunga e penosa traversata, allo stremo delle proprie forze, poté esclamare: «enfin un *arrêt*».

Edoardo Sanguineti
Duplex

Ahimè, che il mio io me non mi è il me mio:
sarei, se io fossi, il mio doppio, il mio clone:
ahimè, che il mio me io non mi è il mio io:
fui fatto a calco, con carta carbone:

fiato soffiato in turpe tenebrìo,
disegno, in molle vetro, un vago alone:
mi veronico in microsgocciolìo,
postcenere di un nanozampirone:

virtuale narcisino ologrammatico,
spettro io sono, nel flash di un mio riflesso:
ma echeggio in afonia, melodrammatico,

ombra di un ectoplasma assai malmesso:
in me vedi il non es di un es linfatico:
tutto azzerato, inesisto in eccesso.

Ahimè, che il mio io me non mi è il me mio:
sarei, se io fossi, il mio doppio, il mio clone:
ahimè, che il mio me io non mi è il mio io:
fui fatto a calco, con carta carbone:

fiato soffiato in turpe tenebrìo,
disegno, in molle vetro, un vago alone:
mi veronico in microsgocciolìo,
postcenere di un nanozampirone:

virtuale narcisino ologrammatico,
spettro io sono, nel flash di un mio riflesso:
ma echeggio in afonia, melodrammatico,

ombra di un ectoplasma assai malmesso:
in me vedi il non es di un es linfatico:
tutto azzerato, inesisto in eccesso.

Elena Addòmine
Doppia lingua

A mio padre.

TOMBE

Come
fate
a
star?
Dice…
A
tale
pace
solo
fine
partì.

DESTINY

Come
fate:
A
star
dice
a
tale.
Pace,
solo,
fine
party.

Ermanno Cavazzoni
Il romanzo equivoco

I PROMESSI SPOSI

Quel ramo del lago di Como, che volge a mezzogiorno, tra due catene non interrotte di monti, tutte a seni
e a golfi, a seconda dello sporgere e del rientrare di
quelli, vien, quasi a un tratto, a ristringersi, e a prender
corso e figura di fiume, tra un promontorio a destra,
e un'ampia costiera dall'altra parte; e il ponte, che ivi
congiunge le due rive, par che renda ancor più sensibile all'occhio questa trasformazione, e segni il punto
in cui il lago cessa, e l'Adda ricomincia, per ripigliar
poi nome di lago dove le rive, allontanandosi di nuovo,
lascian l'acqua distendersi e rallentarsi in nuovi golfi
e in nuovi seni.

commento a pag. 20

I PROMESSI SPOSI

Quel ramo del lago di Como, che volge a mezzogiorno, tra due catene non interrotte di monti, tutte a seni
e a golfi, a seconda dello sporgere e del rientrare di
quelli, vien, quasi a un tratto, a ristringersi, e a prender
corso e figura di fiume, tra un promontorio a destra,
e un'ampia costiera dall'altra parte; e il ponte, che ivi
congiunge le due rive, par che renda ancor più sensibile all'occhio questa trasformazione, e segni il punto
in cui il lago cessa, e l'Adda ricomincia, per ripigliar
poi nome di lago dove le rive, allontanandosi di nuovo,
lascian l'acqua distendersi e rallentarsi in nuovi golfi
e in nuovi seni.

commento a pag. 21

Parafrasi
I due individui impegnati a diventare marito e moglie.
Quell'estensione d'acqua denominata "Lago di Como", presenta una diramazione orientata verso sud [*mezzogiorno*], tra due serie continue di rilievi geologici, che formano prominenze e insenature a seconda che i rilievi siano convessi o concavi; tale diramazione diminuisce quasi improvvisamente di larghezza, e presenta quello scorrimento d'acqua [*corso*] e quell'aspetto tipici di un fiume, tra una prominenza geologica sulla sponda destra e un'estesa e più bassa costa lungo la sponda opposta; qui una costruzione in forma di ponte [*ponte*], che va da una riva all'altra, sembra rendere ancora più evidente a chi guarda [*all'occhio*] il mutamento (da lago a fiume) e sembra indicare esattamente la località in cui finisce il lago e il fiume Adda ricomincia; poco più avanti però l'Adda può essere di nuovo catalogato come lago, quando le due rive tornano a distanziarsi, la superficie dell'acqua cresce in estensione e lo scorrimento rallenta di velocità, tra ulteriori insenature e prominenze geologiche.

Riassunto esplicativo
È la descrizione del punto in cui il lago di Como si restringe tanto da permettere un ponte tra le due rive, per tornarsi poi ad allargare con aspetto di lago. Lungo la strozzatura l'apparenza è quella di un fiume che scorre, l'Adda appunto.
Nel séguito si vedrà che un uomo e una donna viventi nei pressi della strozzatura sono prossimi a sposarsi (da cui il titolo del romanzo: *I promessi sposi*); la dilazione dello sposalizio, sempre restando la promessa valida, costituisce la trama del romanzo, come può constatare chi legga il séguito.

Parafrasi

I vicemessaggeri inquieti (non pòsi)

Quell'arteria laterale del ventricolo[*lago*] del cuore di tale signor Como, che si è avvolta su sé stessa alle ore 12, fra due catenelle saldate assieme, provenienti da differenti Monti di Pietà e con forme varie di mammella di donna oppure di maglia di lana [*golfi* (plur. italianizz. di *golf*)] a seconda che quelli (i Monti di Pietà) siano in disavanzo o in pareggio [*sporgere e rientrare*], tale arteria càpita che si stringa per la seconda volta di fronte a qualcuno (un medico) che sia stato lì portato quasi di peso [*uno tratto*], e càpita che l'arteria interessi [*prender*] uno (un medico) della Corsica [*corso*] e un altro che ha l'aspetto di un abitante di Fiume, tra un osso del bacino posto tra la quinta vertebra e il sacro [*promontorio*] sul lato destro, e un largo costato [*costiera*] dall'altra parte; la protesi a ponte che qui congiunge i due bordi dell'arteria, pare emetta [*renda*] una quantità ancora maggiore di materia percepibile ai sensi [*sensibile* (sost.)] attraverso il foro [*occhio*], tale è l'effetto del mutamento! (cioè del restringimento), e pare che la protesi a ponte faccia un segno di croce [*segni*] sul tessuto cardiaco traforato [*il punto*] dove il ventricolo smette (di pulsare) e adatta a sé la protesi a ponte [*la adda* (voce verb.)], per poi riprendere l'apparenza ovvero la funzione [*nome*] di ventricolo, allorché i due bordi, scostandosi di nuovo, rilasciano il siero [*l'acqua*] che si sparge e cade lentamente lungo altre maglie e altre mammelle della catenella.

Riassunto esplicativo

C'è un'operazione in córso, rischiosissima, al cuore del signor Como. Il romanzo inizia descrivendo realisticamente l'intervento chirurgico: a mezzogiorno un'arteria ventricolare del cuore del signor Como si è avvolta su sé stessa, essendo stata già in passato operata con l'innesto di due protesi a catenella, prese per risparmiare da due diversi Monti di Pietà e aventi forme differenti che dipendono dallo stato economico oscillante di ogni singolo Monte; dunque l'arteria, al cospetto di un chirurgo chiamato d'urgenza, torna a stringersi, e ciò interessa molto altri due chirurghi (uno della Corsica, l'altro fisionomicamente fiumano) che osservano il fenomeno (cioè il restringimento dell'arteria) col torace del signor Como aperto, tanto che si vedono le ossa del bacino e tutte le costole. Inoltre dalla protesi a ponte appena installata su un foro dell'arteria, esce del pus; la protesi forma una specie di croce sul foro; il ventricolo, dopo essersi fermato dal pulsare, si adatta alla protesi e riprende le pulsazioni quando il pus può finalmente colare lungo le catenelle già precedentemente inserite.

Nel séguito si vedrà che due messaggeri vengono mandati dai medici alla famiglia Como, per informarla dell'operazione in córso; in sala operatoria rimangono i vicemessaggeri, che però sono inquieti (da cui il titolo: *I pro-messi sposi*, cioè i sostituti non pòsi, non quieti); le ragioni dell'inquietudine costituiscono la trama del romanzo, come si può constatare dalla lettura integrale dell'opera.

Giulio Bizzarri
Specchio

Gli specchi
dovrebbero riflettere
appena un attimo,
prima di riflettere
le immagini.

Jean Cocteau

Gli specchi
dovrebbero riflettere
appena un attimo,
prima di riflettere
le immagini.

Jean Cocteau

Giuseppe Varaldo
Senso doppio / Doppio senso

Chiusura di premio letterario
Lodi a tutti, a presto.

Nella sigla DS
Appare Esse per Sinistra.

Il medico sperimentatore
Testa *in vivo*.

Il senso della propria inutilità
Comune nel messo da parte.

Due decine di massime
Venti détti, a occhio.

Nonostante il mio cuore malato
Ho corso di nuovo.

Mea culpa
Io sono stato lo stronzo.

Unici *big* superstiti
Rimasti siam in sei, tutti *in*.

Il testamento agli eredi
Letto a norma di legge.

Il genere *fantasy*
Principi reali, dei, mostri.

Nelle tue parole allusive
Colto un certo non so che.

Quel mio coinquilino maniaco
Al secondo piano il fissato.

Ammissione di usuraio lombardo
Presto a tutti, a Lodi.

La casa delle streghe
Sinistra, per esse, appare.

Sono un pidocchio
Vivo in testa.

La carriera di usciere ministeriale
Parte da messo, nel Comune.

Arrivano i tifoni
Occhio a détti venti!

Matricola cinese
Nuovo di corso, Ho.

Re Sole a Colbert
Stronzo, lo Stato sono io!

Epitaffio per un antico poeta di Bangkok
In tutti sei, in Siam rimasti.

Il marito non più voglioso
Legge di norma a letto.

Credi in certi valori
Mostri dei reali principi.

Come giudico il leghista tipo
Che so, non certo un colto.

Per la strage di San Valentino
Fissato il piano, secondo Al.

Maria Sebregondi
Kamasutre

trentatrè sillabe in tre più tre terzine

Un tre s'arriccia davanti allo specchio,
le estremità si strusciano sul vetro,
il tre s'accende di riflessi al neon.

Ora si bacia incollandosi al doppio:
la punta al centro preme l'altra punta,
ombelico estroflesso, punta sesso.

Nel folle amplesso il tre genera un otto:
il palindromo è un attimo di fuoco,
ottimo attimo steso all'infinito.

Kamasutre è un omaggio al sogno n° 33
de *La boutique obscure* di Georges Perec

Trentatrèros è il gioco del tre doppio,
il tantra numerotico stremante,
intermittente come un sogno strano.

La *e* del tre si spegne all'improvviso:
tr-tr, tr-tr è un eros che rosicchia
e mentre prende, perde posizione

tr-tr, tr-tr, in una nicchia scura
il mantra della lucciola si sgrana
in kamasutre d'odorosa trama.

Paolo Albani
Il punto di vista, anche

Il problema non è tanto, o soltanto, *cosa* si vede,
ma come si vede quello che stiamo osservando.

Josep Vincent Estellés

Tommaso Landolfi e una civetta

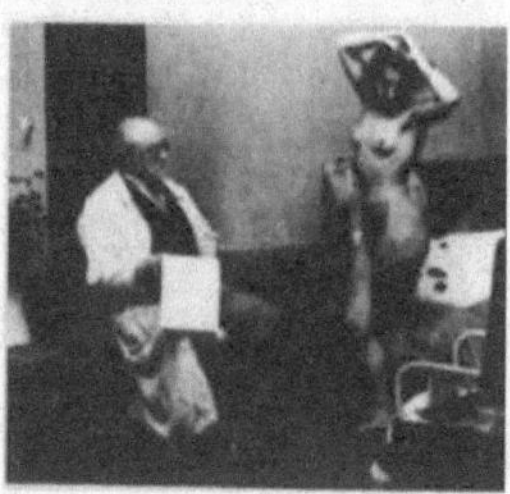

Henri Matisse e una modella

Una civetta e Tommaso Landolfi

Una modella e Henri Matisse

Ezra Pound e una macchina per scrivere

Jean-Paul Sartre e una pipa

Una macchina per scrivere e Ezra Pound

Una pipa e Jean-Paul Sartre

Piergiorgio Odifreddi
Teoremi e assiomi

TEOREMA DI PASCAL (1639)

un esagono e' inscrivibile in una conica se e solo se
le tre coppie di rette che estendono lati opposti si
incontrano in tre punti che stanno su una stessa retta.

LA GEOMETRIA SECONDO DAVID HILBERT
(da *I Fondamenti della Geometria*, 1899)

nozioni indefinite: punto, retta, piano

assiomi:

1) [incidenza] una retta contiene almeno due punti,
   e due punti determinano un'unica retta

2) [ordine] tra due punti di una retta, ne esistono
   infiniti altri

3) [parallele] data una retta e un punto fuori di essa,
   esiste un'unica retta parallela a quella data, e pas-
   sante per il punto dato

TEOREMA DI BRIANCHON (1810)

un esagono e' circoscrivibile a una conica se e solo
se le tre rette che congiungono coppie di vertici opposti
si incontrano in uno stesso punto che sta sulle tre rette.

LA LETTERATURA SECONDO RAYMOND QUENEAU
(da *I Fondamenti della Letteratura*, 1974)

nozioni indefinite: parola, frase, paragrafo

assiomi:

1) [incidenza] una frase contiene almeno due
   parole, e due parole determinano un'unica frase

2) [ordine] tra due parole di una frase, ne esistono
   infinite altre

3) [parallele] data una frase e una parola non contenu-
   ta in essa, esiste un'unica frase che non ha parole in
   comune con la frase data, e contiene la parola data

Raffaele Aragona
Raddoppi

Una mano

– Cip.
– *Parole.*
– Piatto!
– *Porco can!*
– *Passo.*

La luna e i falò

Ne la sera, lì a riva
del Belbo, sono note
le voci, l'eco torna
e dà lieve brusìo;
qui, vicino al roseto,
nella fredda serata,
vi fermenta l'aceto:
e s'accende un falò.

M'avvicino mano mano

Odo un "cip cip"
e una canzone: *Parole, parole…*
Poi, un motivo piatto piatto
ed un *can can*:
passo passo m'allontano.

L'alunna e il fallo

Nella serra lì arriva
il sonno, giunge notte,
quand'ecco che d'intorno,
è d'allieve un vocìo;
una, al primo rossetto,
dal bustino serrata,
ora scioglie il laccetto:
ed un fallo s'accende.

Sal Kierkia
Doppio doppio

CIELO SOMMERSO

Insiste il vuoto
al tuo "passaggio al limite"
dove l'ingegno
umano quasi tarda
a penetrarne il gioco.

Forse attraversi
intimità tradite,
quel po' di scudo,
difesa al doppio-senso
del maschio e della femmina.

Dentro t'aspetti
l'arrivo di una scorta
mandata in giro
a intraveder con occhio-
-di bue l'aldilà.

Per te s'inoltra
a profanare un cielo
interno e vano
il raggio-spia in tralice
dell'iride indiscreta.

IL BUCO DELLA SERRATURA

Insiste il vuoto
al tuo "passaggio al limite"
dove l'ingegno
umano quasi tarda
a penetrarne il gioco.

Forse attraversi
intimità tradite,
quel po' di scudo,
difesa al doppio-senso
del maschio e della femmina.

Dentro t'aspetti
l'arrivo di una scorta
mandata in giro
a intraveder con occhio-
-di bue l'aldilà.

Per te s'inoltra
a profanare un cielo
interno e vano
il raggio-spia in tralice
dell'iride indiscreta.

DESERTO

Per poco che s'apra l'occhio
opposto all'estrema punta
d'un defilato orizzonte
s'insegue, dietro lo strascico
della sottile memoria,
un ricorsivo miraggio
se spira un refolo almeno
che l'attraversi in deriva.

Dentro lo spazio ristretto
tra qualche palma e una luna
incappucciata che fino
allo spuntare del giorno
preme alla guglia svettante
contro improbabili cieli,
si prefigura il passaggio
d'un esemplare cammello.

LA CRUNA DELL'AGO

Per poco che s'apra l'occhio
opposto all'estrema punta
d'un defilato orizzonte
s'insegue, dietro lo strascico
della sottile memoria,
un ricorsivo miraggio
se spira un refolo almeno
che l'attraversi in deriva.

Dentro lo spazio ristretto
tra qualche palma e una luna
incappucciata che fino
allo spuntare del giorno
preme alla guglia svettante
contro improbabili cieli,
si prefigura il passaggio
d'un esemplare cammello.

Totò Radicchio
Doppio